el DRAGÓN diferente

Por Jennifer Bryan

Ilustraciones por Danamarie Hosler

Traducido por Alba Clarke

Two Lives Publishing

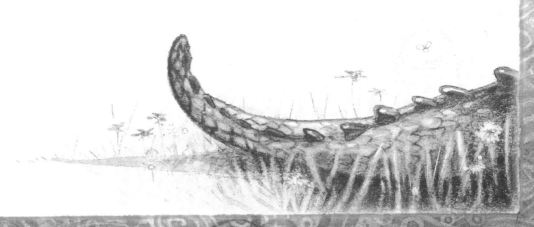

Publicado por

Two Lives Publishing
www.TwoLives.com

Derechos de autor © 2006
Jennifer Byran

Derechos de ilustraciones ©
2006 Danamarie Hosler

Diseño del libro
Desiree Rappa

ISBN
978-0-9674468-9-9

Para Noé, el héroe de esta aventura y para Claire,

cuyo cuento será el próximo.

Un agradecimiento especial a Edward Babbott y
Elizabeth Conant; su apoyo hizo posible la publicación de este libro.

Para Shiloh, quien esperó con paciencia para salir,

y posó como un dragón maravilloso.

Noé era un niño
no tan pequeño
que estaba
preparándose
para la cama.

Se había bañado.

Había elegido su pijama
favorito y se los había puesto
éll solito.

4

Se había cepillado los dientes y sólo necesitaba ayuda de una de sus mamás con el hilo dental.

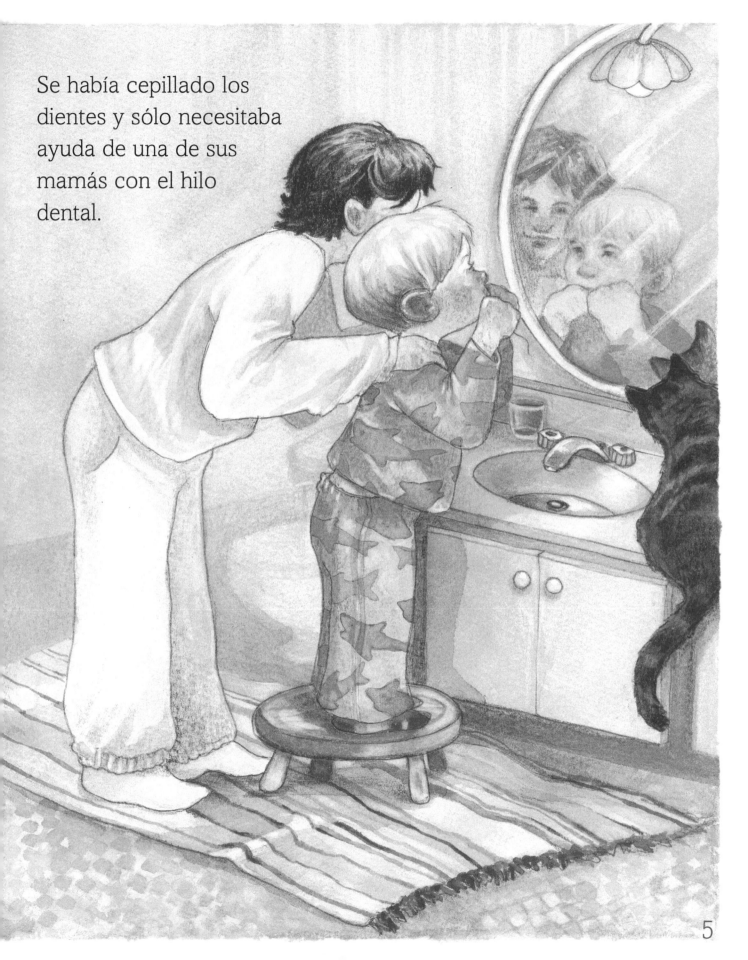

Después construyó y derribó unas torres de bloques con su hermana pequeña, Clara, en el suelo de su cuarto. Persiguió el gato, Zoe, y salió del armario del pasillo. Puso en línea todos sus camiones, jugando con Mamá y Clara en el cuarto de sus mamás hasta chocar con sus camiones ordenados en línea en un montón desordenado de juguetes. Era un choque muy ruidoso.

-¡A la cama Noé! - dijo Go-Mamá.

- Sí es hora. - dijo Noé con una sonrisa gigante.

Y cuando se estaba acurrucado en su cama cómoda de niño ya mayor, en su propio cuarto, le dijo a Go-Mama - Contemos un cuento.

- Vale. - dijo Go-Mamá. - ¿De quién se trata?

- ¡De mí! - dijo Noé.

- ¿Alguien más de la familia? - preguntó Go-Mama. Noé tenía dos mamás (Mamá y Go-Mamá), una hermana pequeña (Clara), dos gatos (Zoe y Diva), y un jerbo (Rex) y unos pececitos (Jonah, Scoopy y Tiny) en su familia.

- No sólo de mí,- dijo Noe. Pero después añadió - y quizás Diva.

- Muy buen - dijo Go-Mamá. - ¿Y dónde vas a estar?

- Hmmm, - dijo Noe. - ¿Qué tal en un barco?

- Vale - dijo Go-Mamá.

- Érase una vez, vivía un niño llamado Noé que fue
navegando por el océano en su barco de color azul marino y
naranja chispeante.

¿Es un barco transatlántico o es un velero? - preguntó Noé.
- Un velero bien largo y estable con velas de plata y banderas d
colores traído de vuelta de aventuras en sitios lejanos.
- ¿Hay una luna? - preguntó Noé.

- Sí - respondió Go-Mamá. - Él fue navegando debajo del cielo iluminado por la luna y estrellas. Y aunque el niño podía contar muy bien había tantas en este cielo de noche que nunca las podría contar todas. Era un barco robusto y el agua estaba oscura y fresca.

- ¿Hay música? - se preguntó.
- Claro. Y el gato favorito de Noé, Diva, siempre navegaba en el barco de color azul marino y naranja chispeante con él. Esta noche cantaba una canción elegante y felina, de estilo ópera.

Me encanta un festín grandioso de peces grandes del mar.

Me encanta un merodeo malvado persiguiendo ratones y mucha fauna.

Pero lo mejor de todo es tomar una siesta, una siesta,
una siesta, una siesta en el sol.

Noé y Diva habían descubierto que cosas mágicas les pasaban a ellos cuando navegaban en alta mar en el cielo de luna. Y esa noche sentía especialmente mágica. Mientras estaba en la cubierta del barco mirando hacía afuera en la noche, Noé saboreó el aire con su lengua.

Estiro su lengua por el aire rodeando su boca y pensó que sabía a…

- ¡Cacahuetes! - dijo Noé.
Sí Cacahuetes. - dijo Go-Mamá y continúo. - Cacahuetes y limones. Y el aire de sabor a magia le hizo tener hambre para una merienda. Le dijo a Diva - ¿Qué tal si navegamos a La Caleta de Dragones y cogemos yogur de chocolate para mí y un par de peces dorados para ti? - Diva pensó que era una idea muy buena, y Noé dio la vuelta al barco a la dirección de La Caleta de Dragones.

- En un césped gigante cerca de la caleta descubrieron que una convención de luciérnagas y grillos estaba en curso. El cielo estaba lleno de luminancia parpadeando, y melodías orquestales flotaban por el aire. La música era grandiosa y sonaba…"

- Go-Mamá, ¿Va a haber un dragón malo? - interrumpió Noé.

- ¿Un dragón malo? ¿Con fuego saliendo por su nariz y una lengua larga, roja y llena de saliva con dientes grandes para mordiscos gigantes?¿Ese tipo?

Noé asintió con la cabeza de una manera muy grave. - Muy bien - dijo Go-Mamá.

Al mismo tiempo que entró
en la caleta y puso el barco
enfrente del muelle principal,
sintió una rafaga caliente de aire pasar por su
cuello. Diva maulló y corrió y brincó hasta llegar debajo de
la cubierta. Noé sabía exactamente qué iba a ver cuando
dio la vuelta.

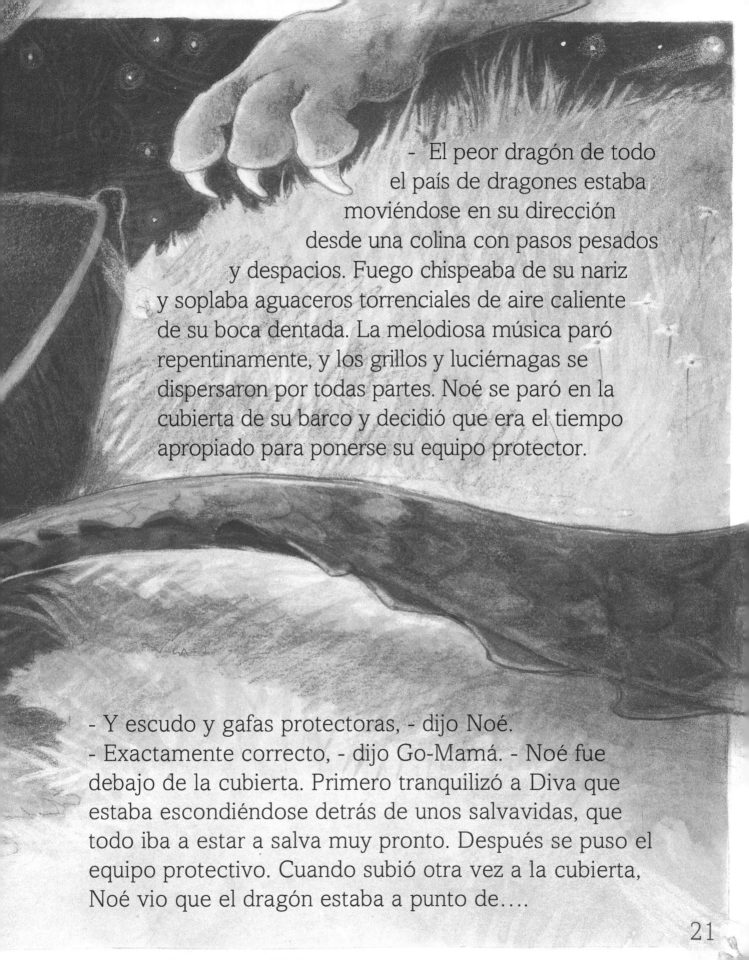

- El peor dragón de todo
el país de dragones estaba
moviéndose en su dirección
desde una colina con pasos pesados
y despacios. Fuego chispeaba de su nariz
y soplaba aguaceros torrenciales de aire caliente
de su boca dentada. La melodiosa música paró
repentinamente, y los grillos y luciérnagas se
dispersaron por todas partes. Noé se paró en la
cubierta de su barco y decidió que era el tiempo
apropiado para ponerse su equipo protector.

- Y escudo y gafas protectoras, - dijo Noé.
- Exactamente correcto, - dijo Go-Mamá. - Noé fue
debajo de la cubierta. Primero tranquilizó a Diva que
estaba escondiéndose detrás de unos salvavidas, que
todo iba a estar a salva muy pronto. Después se puso el
equipo protectivo. Cuando subió otra vez a la cubierta,
Noé vio que el dragón estaba a punto de….

21

Llorar, - dijo Noé definitivamente.

- ¿Llorar? - preguntó Go-Mamá.

- Sí porque estaba muy disgustado.

- ¿Por qué está disgustado?

- No sé. Te toca a ti contarlo,

- dijo Noé.

Go-Mamá pensó un minuto y después continuó.

- El dragón lloró y lloró. Sus lloros eran tan ruidosos que sacudían todos los árboles y el piso, las colinas y hasta la propia cubierta del barco de Noé. Las lágrimas del dragón eran tan grandes como…..

- Pelotas de tenis, - dijo Noé .

- Pelotas de tenis, que empezaban a hacer charcos alrededor del dragón. Noé, quien estaba preparado para protegerse del fuego del dragón, bajó su escudo y se quitó las gafas protectoras. Y preguntó al dragón: ¿Qué pasa?

- Es que no lo puedo hacer, - lloró el dragón. De su nariz ya no salía fuego, y ahora, muy sinceramente, necesitaba un pañuelo gigante porque estaba moqueando.

- Es inútil.

- ¿Qué es inútil? - preguntó Noé, ahora acercándose al proa del barco para estar más cerca al dragón, quien está ahora en la muelle. - Ya no puedo ser feroz, - dijo el dragón. - Es que no puedo.
- ¿Por qué no?- preguntó Noé.

- Es mucha presión ser feroz todo el tiempo. Rugir y moler los dientes y bufar fuego todo el día. Es mucho trabajo asustar a la gente y ser tan malo. Nadie quiere un dragón que sea gracioso ni triste ni simplemente un dragón regular. Sólo hay una manera de ser dragón, y así es. Y el dragón se tumbó, descansando su cabeza en sus patas delanteras, de la misma manera que Diva cuando está echando una siesta en el sol.

Noé bajó su escudo y lo puso en la cubierta y dijo al dragón con una voz dulce pero con firmeza. - Yo soy un niño inteligente y sé muchas cosas. Sé que hay muchas maneras de ser un dragón, ser feroz no es la única manera de ser. Puedes ser como quieras. Si quieres pulverizar este barco y prenderlo en fuego y después comerme, puedes. O podemos jugar a bádminton y después comer helado.

Y claro, al dragón Noé le parecía ser muy sabio. El dragón escuchó muy cuidadosamente y pensó sobre lo que había dicho Noé. Después Noé añadió, - Y tengo muchos amigos que piensan lo mismo. Les gustan los dragones diferentes.

Y con eso, el dragón levantó su cabeza grande.
Parecía estar extremadamente aliviado, hasta feliz,
y pasó una garra escamosa por su nariz llorosa.

- ¿Puedes enseñarme cómo jugar a bádminton? - preguntó.

Noé dijo, - ¡Claro! Déjame ir por el equipo. -
Entonces el niño listo y ya no tan pequeño bajo
debajo de la cubierta y cogió dos raquetas de
bádminton y un pajarito.

Y debajo de la luna llena enseñó al dragón como jugar, y jugaron por muchísmo tiempo, hasta que era hora de desayunar.

- ¿Y qué tomaron para el desayuno? - preguntó
Noé con bostezo.

- Y eso, - dijo su Go-Mamá - es otro cuento.

Author's Note
El comentario de la autora

When 7th grader Alba Clark expressed an interest in translation, her Spanish teacher Pamela Torres handed her a copy of *The Different Dragon*. This passionate teacher and her motivated student worked closely together, delving into the essence of language and searching for words to honor the intention of the original story. Because of their efforts Two Lives Publishing is proud to bring you *El dragón diferente*.

Cuando Alba Clarke, estudiante del séptimo grado , expresó su interés en traducir, su profesora de español Pamela Torres le dio una copia de *The Different Dragon*. Esta profesora apasionada y su estudiante motivada trabajaron juntas, profundizando en la esencia de la lengua y buscando palabras para honorar la intención original del cuento. Por sus esfuerzos Two Lives Publishing está orgullosa de traerles a ustedes *El dragón diferente*.

I wrote *The Different Dragon* more than ten years ago, when I longed to read my children bedtime stories that mirrored the reality of our playful, average two-mom family. At the time I was also beginning my work as a PreK-12 consultant, helping schools address issues of gender and sexuality. Early Elementary teachers use *The Different Dragon* to teach students about the joy of telling stories, the value of being true to oneself, and the problem with stereotypes — even of dragons. The Gay Lesbian Straight Educators Network (GLSEN) created a PreK-3rd grade lesson featuring *Dragon* that explores different kinds of families. [You can find a copy of "Respecting Families Nurtures Everyone!" in the back of this book.]

Yo escribí *The Different Dragon* hace más de diez años, cuando deseaba leer a mis niños cuentos a la hora de acostarse que reflejaran el sentimiento alegre de nuestra familia de dos mamás. En ese momento yo empecé mi trabajo de asesora para el pre kinder hasta el duodécimo grado, ayudando a las escuelas con los temas de género y sexualidad. Los profesores de primaria usan *The Different Dragon* para enseñar acerca de la alegría de contar cuentos, el valor de ser leal a sí mismo, y el problema con los estereotipos — aún con los dragones. The Gay Lesbian Straight Educators Network (GLSEN) creó una lección para pre kinder hasta el tercer grado que ofrece la exploración de familias diferentes por el libro *El dragón diferente*. [Puede encontrar una copia de "Respecting Families Nurtures Everyone!" en el dorso de este libro.]

Born in Spain, Alba is keenly aware of the audience for this book. She understands the transformative power of literature and believes "the importance of a translated children's story like *The Different Dragon* is immense." I share her hope that *El dragón diferente* "will bring messages of gay rights and the new roles of children to a very eager Spain." This Spanish version will allow families and students in classrooms everywhere to read this inclusive, whimsical tale.

Nacida en España, Alba está plenamente consciente de la audiencia de este libro. Ella entiende el poder transformativo de la literatura y cree que "la importancia de los cuentos traducidos como *The Different Dragon* es inmensa." Yo comparto su deseo de que *El dragón diferente* "difundirá el mensaje sobre los derechos de los homosexuales y el nuevo rol de los niños a una España muy ansiosa." Esta versión española permitirá a familias y estudiantes en todo el mundo que lean este inusual cuento.

Whether you are a parent, teacher, young reader or aspiring translator, enjoy!

Ya sea usted padre, profesor, lector joven o traductor, ¡disfrute!

Alba Clarke is a rising 8th grader at Shore Country Day School in Beverly, Massachussetts. She was born in Barcelona (Spain) and now lives on the Phillips Exeter Academy campus (NH) with her parents and her younger sister the amazing Claudia. She loves singing and performing, reading, writing, listening to Ted Talks and talking about ideas.

Alba Clarke es una estudiante de Shore Country Day School en Beverly, Massachussetts que pronto estará en el octavo grado. Ella nació en Barcelona (España) y ahora vive en el campus de Phillips Exeter Academy con sus padres y su hermana menor la extraordinaria Claudia. Alba disfruta mucho de cantar y actuar, leer, escribir, escuchar Ted Talks y hablar de ideas.

Respecting Families Nurtures Everyone!
An elementary school lesson plan for *The Different Dragon*

Prepared by GLSEN, the Gay Lesbian & Straight Education Network, www.glsen.org
Age Level: **4-8**
Grade Level: **PreK – 3**

OVERVIEW:

Students will learn about respect, the importance of listening, and will share personal stories and hear about different types of families. These all help young people build the capacity to respect one another for similarities as well as for their differences.

TIME:

60 minutes (total) broken into blocks of three timed activities

MATERIALS:

- *The Different Dragon* by Jennifer Bryan
- Old magazines and newspapers
- Construction paper
- Crayons, pencils, markers
- Scissors
- Glue

READ (TIME: 15 MINUTES)

Read the story *The Different Dragon* by Jennifer Bryan to your class.

SPEAK (TIME: 15 MINUTES)

Say to your students:
In the story, we learn that Noah has two mothers named Momma and Go-Ma, a younger sister named Clair, two cats named Zoe and Diva, a gerbil named Rex and some fish named Jonah, Scoopy and Tiny all as part of his family. What an incredible family indeed! I want each of you to work with a partner. You will listen to your partner and learn about your partner's family and switch and tell your partner about your family.

ASK YOUR STUDENTS THE FOLLOWING QUESTIONS:

- *How is Noah's family the same as your family? Do you have any pets? How many brothers and sisters do you have or are you an only child?*

- *How is Noah's family different from yours?*

- *In the story Go-Ma told Noah, the dragon seemed very scary at first but Noah was courteous and kind to the dragon. He showed respect by listening to the dragon's concerns and by not judging. Noah also offered great advice when his friend the dragon needed it most! How would you show respect to the dragon?*

- *Although Noah's family may be similar to yours in some ways and different in others, we should always show respect to people. How do you show respect to people who are different from you? How do you want others to treat you and your family?*

PLAY (TIME: 30 MINUTES)

As partners, have students create collages of their family using the newspapers, magazines and other artistic items (e.g., crayons, pencils, markers). Tell them to create a picture of their family based on the description they gave.

Allot enough time for students to share their completed collage with the rest of the class.

CPSIA information can be obtained
at www.ICGtesting.com
Printed in the USA
LVHW071708220120
644441LV00004B/73